황홀

황홀

허형만 시집

민음사

침묵으로부터 번져 나온 나의 시는
감사와 평화와 겸손의 숲을 지나
다시 침묵의 세계로 스며든다.

2018년 1월
허형만

차 례

3부

1부

주름에 관한 보고서

거울 앞에 설 때마다
주름의 골을 파헤치는 세월의 보습이
반질반질하게 빛난다.
가는 세월 그 누구가 막을 수가 있나요
서유석처럼 흥얼거리다가
면도기가 계엄군인 양 턱을 점령할 때쯤
콧노래가 딱 멈춘다.
거울은 심장이 약하다.
주름의 골이 깊이 패어 갈 때마다
거울은 한사코 외면한다.
한겨울 설해목 부러지는 소리에 귀를 기울이다가
너 늙어 봤냐 나는 젊어 봤단다
또다시 흥얼거리는 내가 쓸쓸해지려 한다.
저물녘 세상에서 화급히 귀가하는 꽁지 붉은 새처럼
오늘도 주름은 황혼을 갈아엎는
보습의 날카로운 이를 두려워하는 것인데
거울은 주름의 깊은 속내를 다 안다는 듯
나를 물끄러미 쳐다본다.

그 무렵

그 무렵

한 오백 년쯤 되는 은행나무가 우듬지에서 종족 중 현자 몇을 지상의 순례자로 파견했다.

순례자들은 지상에 이르기까지 별을 만나면 별에게 경배하고 새를 만나면 새에게 경전을 일러 주고 비를 만나면 비와 함께 젖다가……

허공은 견고하다. 견고한 허공의 살갗은 또 얼마나 까슬한지, 허공에 씻기고 찔리면서 가까스로 지상에 도착하고 보니,

먼저 나온 순례자들은 저마다 지렁이와 들쥐와 땅강아지와 도마뱀과 사원을 이루며 살고 있었다.

그 무렵

지상의 사원에는 법구경보다 두꺼운 불문율이 있었다.

기억은 위험한 그릇이다. 깨지기 쉬운 사랑이다. 기억은

아슬아슬한 칼날이다. 그러니 우듬지에서 보고 들었던 기억들을 통째로 거부하라.

본질이란 수억 광년 초신성의 꼬리, 존재란 꼬리가 꼬리를 물고 낙하하는 유성, 그러니 시상이 이상하나 고개를 갸웃거리지 말라. 토 달지 말라.

그 무렵

면벽십년보다 훨씬 깊은 새벽쯤이리라 싶은 때에, 문득 깨우침이 일어 눈을 떠 보니 떠나온 우듬지는 은하수 흘러 흘러 하늘 삼만 리. 경전 한 줄 채 읽을 시간도 못 되는 한 오백 년이 어쩌면 적막의 절벽에 매달린 마애불 같기도 하고, 한사코 지상에서 더 멀리 달아나려는 저녁노을 같기도 한데,

종족 중에서 지상의 순례자로 뽑힌 현자들이 오늘도 우듬지에서 가부좌로 묵언정진 중이라는 기별이 닿는다.

번짐과 스밈

번지는 것과 스미는 것은 차이가 있을까요?

유치원 앞을 꺾어 돌 때
아직 아이들이 등원하기에는 이른 시각
보랏빛 나팔꽃이 먼저 도착했습니다.
아이들이 깔깔깔 유치원에 들어서면
나팔꽃은 환한 얼굴로 반길 것입니다.
조금 뒤에 도착해 문 앞에 서 계시던 하느님도
아이들과 나팔꽃을 배경으로 셀프 카메라를 찍으시겠
지요.

번지는 것과 스미는 것은 이렇게 차이가 없을 겁니다.

황홀

세상의 풍경은 모두 황홀하다

햇살이 노랗게 물든 유채꽃밭이며

유채꽃 속에 온몸을 들이미는 벌들까지

황홀하다 더불어 사람도 이와 다르지 않아서

내가 다가가는 사람이나 나에게 다가오는 사람 모두

미치게 황홀하다 때로는 눈빛이 마주치지 않는다 해도

그렇다

오, 황홀한 세상이여 황홀한 세상의 풍경이여 심장 뜨거

운 은총이여

수첩

나의 수첩에는
이렇게 쓰여 있다.

오늘 나는 천사를 만났다.
그분의 눈빛이 얼마나 보드랍고 아늑한지
나도 모르게 스르르 눈이 감겼다.

티베트에서 만난 피부 고운 여인은
지금쯤 흐릿한 야크 램프 불빛 아래
가족을 위해 풍성한 식탁을 차리고 있겠지.

알라스카 푸른 밤하늘에
유난히도 빛나던 그 별은 이 한밤
어느 은하를 떠돌며 나를 기억하고 있을까.

아, 이 순간, 이 모든 걸 생각만 해도
"미치도록 행복하지 않은가?"*

* 앙투안 드 생 텍쥐페리, 양혜윤 옮김, 『생 텍쥐페리의 우연한 여행자』(세시, 2013), 224쪽.

기억의 회로

내 기억은 반신불수
낮에는 멀쩡했다가도 밤이면
어디가 어딘지 분간 못 하고 헤매는 객지에서처럼
목숨이 다 된 전구의 필라멘트가 접촉 불량인 것처럼
켜졌다 꺼졌다 반복하는 기억의 회로여
이날까지 눈물이 많은 것도 아마
세상살이가 깜박깜박하기 때문일 터
오늘은 조용히 생각하노니
시가 어디서 왔는지 모른다던 네루다의 엄살은
그래도 얼마나 싱싱한가

침묵의 정원에서

부러지기 쉬운 연필심처럼 입 잘못 놀리면
톡! 부러지는 것이 사람의 심지
사람이 꽃보다 아름다울 수 없으니
사람이 꽃처럼 아름답다고 아무리 말해도
꽃보다 아름답다고 우기다가 울다가 웃다가
한순간 톡! 부러지는 사람의 심지
오늘도 나는 하루 종일 침묵의 정원에서
톡! 톡! 심지 부러지는 소리를 듣는다

절집에서

절집에서 입 막고 귀 막고 눈 막은 원숭이를 만났지요. 나는 한 번도 미워한 적 없으나 당신이 나를 미워했음을 떠올리고 당신을 수행의 문으로 삼기로 했지요. 완벽하지 못한 나는 나 자신을 잘 알기에 두 번 다시 오시 않을 우리의 만남 소중했으나 들리는 말에 의하면, 풍문에 의하면, 소문에 의하면 당신은 나를 풀뿌리 씹듯 잘근잘근 씹고 다닌다 하더군요. 깊이 생각하면 할수록 의심의 수렁 더 깊어질까 봐 잠 못 이뤄 절집에서 만난 원숭이처럼 입 막고 귀 막고 눈 막고 생각을 끊나니, 듣지도 보지도 말하지도 말아야 하는 수행이 내 남은 생의 길이라면 전생에 한 번이라도 만난 적 있었던 허공 같은 인연의 굴레를 벗기로 했지요.

혀

우주는 혀의 공동묘지
오늘도 총에 맞은 혀가 피를 흘리고

저기 바닷가 모래 위
소금에 절인 수많은 혀들이
시처럼 맑은 햇볕을 끌어안고 있다

난해한 시 읽기

말 한 마리 고삐 풀려 내달린다 유심히 보니 한 마리가 아니다 말 두 마리 말 세 마리 말 다섯 마리 아니 몇 마리지? OK목장의 결투라도 벌어졌나 천방지축으로 고삐 풀린 말들이 내달린다 눈썰미 깊은 말 주인이야 자기 말을 알아보겠지 그러나 나는 말들이 달리는 쪽을 뒤따르다 그만 말을 놓쳤다 말들이 사라졌다 싶은, 순간에 나의 머리끝을 뚫고 솟아오르는 말이 보였다 솟아오르던 말은 구름 속으로 숨어 버렸다 구름 속에서 통통 불어 터진 국수라도 먹고 있나 국수 다 먹고 나면 소나기 되어 다시 땅으로 내려오려나 해독이 안 되는 암호 같은 말들이 울부짖는 이 시대의 황량한 벌판이여

한 소식 듣는다

계단이 주저앉아 있다
무릎 관절염이 도진 탓이다
때로 옆구리가 쑤시기도 하는 계단은
제자리에서 눕고 싶어 하기도 한다

(왼쪽 계단은 이미 신문지를 뒤집어쓰고 누워 버렸다)

때까치는 새끼들을 위해 사냥을 하고
두점박이좀잠자리는 치열하게 날개를 파닥이고
북극성은 뜨거운 불꽃을 뿜어내는 시간
계단도 운동화 끈을 질끈 매어 보지만
슬픔으로 굳어 버린 몸은 말을 듣지 않는다

(오른쪽 계단도 이미 낡은 지팡이를 눕혀 버렸다)

그늘처럼 다가온 바람이 계단을 쓰다듬는다
어머니, 참 멀리도 떠나 왔어요 온몸이 추워요
이대로 잠들면 안 되는데, 안 되는데,
오늘도 하늘로 오르는 꿈에 젖는

계단은 늙으신 어머니의 한 소식 듣는다

사자처럼 일어나렴, 독수리처럼 날아 보렴
꽃을 피우고 있는 태양 속으로
사랑한다, 아들아

첫눈

오늘처럼 이렇게 첫눈이 오시는 날이면
부탄의 학생들은 공휴일이라 학교에 가지 않아 좋을
거고
오늘처럼 이렇게 첫눈이 오시는 날이면
백석이 마른 당나귀를 끌고 자작나무 겨울 속으로 찾아
들 거고
오늘처럼 이렇게 첫눈이 오시는 날이면
봉쇄수도원 묵언 기도 중인 수녀님들의 눈빛이 눈처럼
반짝일 거고
오늘처럼 이렇게 첫눈이 오시는 날이면
청미래덩굴 붉은 열매 더욱 붉게 젖어 천지에 물들어 갈
거고

푸른 냉장고

천하의 전기는 푸른 눈빛을 번득이며 다 이곳으로 모이죠 들어 보세요 심호흡을 끝낸 새가 절벽에서 날아오르려는 찰나의 숨소리 전류를 타고 도착했어요 사막여우의 발끝에서 튕긴 따가운 햇살도 꼬리를 내리고 막 도착했네요 수은등보다 더 은밀한 불빛이 반란을 꿈꾸는 시간, 안개보다 짙은 선팅으로 감추려 해도 꿈은 늘 들키기 마련이지요 쪽방에서 발견된 시체처럼 아껴 놓은 사과 한 알이 이미 굳어 있어요 축제 때 받은 붉은 꽃잎도 입술이 보라색으로 변해 버렸네요 칸칸마다 푸른 인광이 번득이는 풍문이 빙하처럼 둥둥 떠 다녀요 밀폐 용기는 믿을 게 못 돼요 그러니 함부로 문 열지 마세요 문단속 잘하세요 머리카락 보이지 않게 꼭꼭 잘 숨으세요 풍문이 탈출하면 풍문은 태풍으로 돌변해요 냉장고는 그래서 늘 위태해요

상가에서

진환이, 한 십 년 먼저 간 거지 뭐
그렇게 술을 좋아하더니만
쓸개도 떼어 내고, 쓸개 없는 놈, 일찍도 갔네

저기, 진환이 초등학교 여자 동창들 왔다
저 인상 좋은 애는 서울에서 큰 식당을 갖고 있어
저, 우는 애는 6학년 때 진환일 엄청 좋아했었지

우리 동창들 온다 정 서장도 왔네
박 원장 옆에 있는 친구도 우리 동창이냐?
졸업한 지 오십 년이 다 돼 가니 이름도 가물가물해

그래, 먼저 가거라 우리는 조금 더 있다 갈게
우리도 죽으년 놋 보니 자주 전화도 하고,
밖에 비 많이 온다 운전 조심해서 가

상갓집 밤은 굵은 빗소리로 적막하다
우리도 전철이 끊기기 전에 일어선다
진환이, 한 십 년 먼저 간 거지 뭐
친구의 영정을 한 번 더 쓰다듬고 작별을 고한다

달과 나무

달은 나무의 뿌리 깊은 속내를 헤아리느라 골몰하다

오늘은 두 눈을 부릅뜨고 동글동글한 눈망울을 백팔십도 회전시키며 나뭇가지에 묻어 있는 바람기까지 낱낱이 만져 보는 중이다

어제는 나무가 지나온 길을 바라보느라 미처 나무의 속내를 눈치채지 못하였으므로 허공에도 팽창하는 길이 있음을 미처 헤아리지 못하였으므로

달은 나무의 꿈들이 언제 어느 방향으로 뻗어 나갈지 잔뜩 긴장하는 것이다

그러면 나무도 가던 길을 멈추고 지금 그 자리에 털썩 엉덩이를 붙이고 주저앉아

달의 촉수를 두려워하다가 그리워하다가 부르르 온몸을 떨며 파동을 일으키며 달을 향해 자전거를 타고 오르는 신명 니 는 꿈을 꾸는 섯이나

2부

만개

향매실 마을에 갔네

매화 옛 등걸에
일하기 바쁜 벌들은
나 하나 아랑곳하지 않았네

아무튼 나는

한 소식 깊으면
나이아가라 폭포도 거꾸로 치솟는가
치솟아 밤하늘의 별들을 삼키는
나이아가라 앞에서 나는
무엇을 보았던가
온몸이 하얗게 질린 자작나무였던가
삭풍의 칼바람을 베며 솟구쳐 오르는
독수리의 바람칼이었던가
아무튼 나는 어찌하여
인디언의 서늘한 휘파람처럼
국경을 너무 쉽게 통과했던가

살리나스를 지나간다

존 스타인벡이 마지막 생을 마감한 살리나스를 지나간다
소설가의 펜 끝에서 흘러나왔을 지독한 정어리 비린 냄
새가 온몸에 달라붙는다

외로운 소나무

페블비치 바닷가 바위 위
소나무 한 그루
세상 물정 다 잊은 수도승 같다
파도 소리에 감전된 듯
솔잎은 검게 물들어 있고
한때는 바위도 뚫을
무서운 포효도 있었을 터이나
지금은 포물선으로
굽은 허리 간신히 버티고 있는 모습이
마치 지리산 속 아흔 중반 어머니 같아
전혀 낯설지 않느니
부드러운 흙냄새가 그리운지
가지들이 모두 육지를 향해 코를 대고 있는
소나무에게 다가가
한 우주에 기대듯 조용히 기대어 섰느니

주일 아침

　　LA에서의 주일 아침이다 간밤 푸른 별들이 잠 못 이루며 뒤척였을 세인트 바실 성당 주차장으로 미사 차량들이 서서히 자리 잡는다 건너편 BBCN 은행 유리창마다 여린 햇살들이 맑은 낯빛으로 반짝이기 시작한다 흑인 노인이 성당 문 앞에서 나에게 손을 흔들어 아침 인사를 건네고 나도 손을 흔들며 환한 웃음으로 화답한다 트럼펫 트리의 분홍 꽃이 개를 껴안고 있는 노숙자 머리 위에 오늘 하루 하느님의 화사한 은총을 뿌린다 세상에서 죄 많은 나는 성당으로 들어가 무릎을 꿇고 성호를 긋는다

파피꽃

캘리포니아 파피꽃은 우리말로 양귀비꽃 저 주황빛 색
에 홀려 남몰래 찾아드는 방울뱀

양귀비꽃

덴마크 사람들이 모여 사는 도시 솔뱅에 갔네
이백십여 년 전 세워진 산타 아이네스 성당에 들어가
잠시 묵주기도를 드리고 마당에 나오니
뜨락 한쪽 양귀비꽃이 나를 환히 반겨 주었네
내가 이곳에 도착하기까지
얼마나 많은 별빛과 안개를 털어 냈을까
몇 광년의 바람을 온몸으로 받아 냈을까
양귀비꽃은 나의 볼에 입을 맞추어 주었네
은은한 감촉이 촉촉했네
나는 눈을 감았네
이 눈물겨운 만남의 신비를 어찌할까
사랑이여
잠시나마 그대와 함께 있기 위하여
칠십 평생이 걸렸구나

야나가와* 1

물의 고향
야나가와에 갔네

돈코부네** 뱃사공
노랫가락 가슴 저미는데

물 위로 버들잎은
기다리던 님 찾아 떠가는가

수로 언덕
등잔불꽃만 더욱 붉어 가네

* 야나가와(柳川): 일본 후쿠오카 현에 속한 도시.
** 돈코부네(どんこ舟): 수로를 따라 관광객을 태우고 유람하는 배.

부레옥잠

부레옥잠 보랏빛 꽃이
그토록 고혹적인 건
인레 호수에서 처음이다
보라, 보라, 보라
물 위로 기다란 목만 내놓고
날 기다렸다는 듯
눈 흘기는 저 은근한 속살
잘못 빨려들었다간 영영
떠나올 수 없을 것만 같은
보랏빛 부레옥잠

다이아몬드꽃

내세보다
현세가 더 아름답다고
육신이 빠져나간 불탑들 사이로
불꽃처럼 벌겋게 타오르는 꽃
미얀마 푸른 하늘과 이마를 맞대고
지금 이 순간이 행복이라고
햇볕을 반짝반짝 닦아 윤기 내는 꽃

쉐 인 테 인 유적지에서

허물어져 가는 파고다
정수리를 뚫고
아까시꽃 하얗게
적멸에 든 한낮
이미 흙이 되었거나
지금 흙으로 무너져 내리는
파고다 그 어느 곳에도
부처님은 보이지 않고
나도 온 일 없고
오직 천 년의 고요
천 년의 바람

수상 마을

어부가 한 발로 노를 젓는
인레 호수 인따족 수상 마을엔
홀짝! 한잔하고 싶은 카페가 있고
하룻밤 물안개로 피어오르고 싶은 호텔도 있고
대나무 부력으로 떠있는 쫀묘 농장에서는
쪽빛 하늘 닮은 청포도 익어 가고
석양 햇살에 토마토 붉어 가고

이라와디강

미얀마 만달레이 부두에서 유람선을 탔네
상류로 거슬러 올라가면서
붉은색 구겐벨리아 꽃잎 날리듯
경쾌한 바람을 안겨 주던 이라와디강
강은 마침내 밍군 대탑에 이르자
차차라는 이름의 소녀를 만나게 해 주었네
내가 이 고운 소녀를 만나기 위해
이곳까지 온 것은 아니지만
금 가고 허물어진 밍군 대탑 앞에서
2달러짜리 부채를 들고 나를 기다리던 소녀는
이라와디강의 깊은 속내를 알고 있었을까
밍군 종을 두어 번 치고 다시 배에 오를 때
소녀의 맑은 눈망울에서 강물 흐르는 소리가 촉촉했네

후쿠오카의 아침

까마귀가 나를 깨운
후쿠오카의 아침

창문을 열고 내다보니
내가 일어난 걸 확인한 까마귀가
푸른 하늘을 가르며 날아오르고

지상에는 지금
선하고 평화로운 사람들이
나팔꽃처럼 환하게 피어나고 있다

동갑

타지마 시인*과 나는 동갑이다

타지마 시인은 패전한 해에
나는 해방된 해에 태어났다

닭띠들은 참 바쁘게 산다고
우리 동갑들은 초년이 그리 평안하지 못했다고

환하게 웃어 주는 이마에
후쿠오카의 가을 햇살이 반짝 빛났던

타지마 시인은 천상 시인이었다

* 타지마 야수에(田島安江): 1945년생. 일본 후쿠오카 시인회 대표 간사.

맨발

미얀마에서는 파고다에 들어설 때마다
신발을 벗어야 한다
미얀마에서는 부처님 앞에서
맨발이어야 한다
맨발처럼 가장 낮은 마음이 세상에 또 있을까

지상의 고독, 지상의 슬픔도
모두 맨발보다 더 위에 떠도는 것
고개를 숙이고, 허리를 공처럼 구부려야
따가운 지상과 입 맞추는 맨발이 보이느니
맨발은 자신이 지상에서
가장 겸손한 존재임을 안다
맨발은 자신이 저 세상으로 건너가는
가장 순수한 영혼임을 안다

야나가와 2

시인의 고향
야나가와에 갔네

기타하라 하쿠슈*
야나가와 물길이 키운 시인

돈코부네를 타고
시인의 생가를 찾아간 길마다

버드나무 가지는
물 위에 어리어 시인을 그리워하네

* 기타하라 하쿠슈(北原白秋, 1885-1942): 근대 일본의 '시성(詩聖)'이라
불리는 일본의 대표 시인.

풍경

황혼은 어디서 오셨는가

장미의 부드러운 혀처럼
어쩌면 저리 평화로운 안식을 꾸리시는가

파도가 몇 번이나 밀려왔다 밀려간 뒤
온몸을 내려놓고 편히 쉬고 있는
저 뻘밭의 목선(木船)처럼

3부

별들이 노숙자처럼

별들은 가난하다. 한데서 겨울밤을 지새우는 별들을 위해 오늘도 교황 성하는 기도하신다. 가난한 자에게 자비를!

남대문시장에서 한국은행 본점으로 건너가는 지하노 기둥과 기둥 사이 가난한 별들이 이 시대 살 떨리는 영하의 겨울을 머리끝까지 뒤집어쓰고 노숙자처럼 누워 있다.

고개를 돌린 채 총총걸음으로 그곳을 빠져나가려는 사람들이 지린내를 앙당물고 얼어붙어 있는 계단 위에서, 휘청, 미끄러지려다 말고, 씨팔, 신음을 내뱉는다.

그 뒤로 나는 닷새 동안 수염을 깎지 않았다. 노숙자처럼 누워 있던 별들에게 빛의 갑옷* 한 벌 덮어 주지 못한 나에게 자비를!

* 신약성경 로마서 3:12.

무슨 진리를 찾아 들어가듯

한겨울 새로이 이사한 은평뉴타운
큰 아들네 아파트 앞산 상수리나무들은
아직도 마른 잎새들을 떨쳐 내지 못하고
아휴 추워, 아휴 추워, 오들오들 떨고 있다.
산속으로 들어가려던 나도 머뭇거리다가
칼바람의 끝자락이 역광으로
산등성이를 넘어가는 걸 보고서야
춥다, 추워, 중얼거리며
무슨 진리를 찾아 들어가듯
그 무엇이 나를 기다리기라도 하는 듯
조심조심 산속으로 들어가는 것이다.

신성한 바람이

숲길을 서서히 걷고 있었다

그때

따뜻한 나무 속 여인을 사랑한,

돌 속의 빛나는 물빛을 머금은,

쓰러진 풀 위에 한참을 엎드려 있던,

신성한 바람이 내게로 왔다

나의 온 몸이 달뜨기 시작했다

화접(花接)

　연분홍 복숭아꽃 꽃술에 온몸을 밀어 넣은 호박벌 오동
통한 엉덩이에서 명지바람 한 필 팔랑팔랑

솔빛

은빛 피라미 햇살에 욜랑거리듯
한들한들 숲길을 걷는다
오늘도 걷는 길에는 변함없이
솔빛 반짝이느니
시비가 출렁이는 흙탕물에 떼 지어
몰려다니길 거부했다고 시비를 해도
이 나이에 성나지 않는다
시의 첫 언어를 찾아가듯
늘 걷는 길 처음인 양 새롭고
어제 본 저 반짝이는 솔빛도
깊은 기다림처럼 새롭다
새롭다는 건 심장을 뛰게 하는 거
이, 늘 보아도 지치지 않는
한 줄의 시처럼

씨앗

하양 씨앗들이
마치 눈송이처럼 푸른 허공을
서서히, 가볍게, 날아오르며
내 눈을 황홀하게 만든다

어느 별에서 왔을까
반짝! 아이의 눈웃음 같은 달빛에 젖어
사하라 어린 사막 여우와 놀다 왔을까
티베트 남초 호수에서 물장구치다 왔을까

이 하양 씨앗들
꽃잎에 닿으면 꽃잎이 하르르 떨겠지
댓잎에 닿으면 댓잎이 살짝 구부러지겠지
왜냐고? 그건 우주의 섭리이니까

내 앞에서 환히 웃고 있는 당신,
어느 별에서 오신 씨앗인가요?

응시

하얀 털 햇볕에 반짝이며
내 앞을 폴짝 뛰어가던 고양이
순간, 멈추고
고개를 들어 숲 깊은 곳을 응시한다
뒷짐 지고 걷던 나도
멈춰 서서 고양이 응시하는 쪽을 바라보니
여태 들어 보지 못한 딱따구리
나무 쪼는 소리 바람결에 딱따구르르
고양이와 내가 동시에
딱따구리 소리 한 두름 눈으로 들었으니
오늘도 숲에 들어 한 식구 맞이했다

느티나무

오늘도 숲에 들어
지난밤 번갯불이 스며든
느티나무 그늘에 쉬니
나무가 나를 알아보고 발밑에
잎 하나를 던져 준다
나는 나무를 쓰다듬으며
사랑해,
사랑한다고 귓속말로 말한다

고라니를 만나다

　고요한 숲길이 들썩거리는 소리 들렸다 먼 데서 다가오는 바람 소리인가 바람 한 점 없는데 점점 소리가 가까워진다 순간, 바로, 내 앞에서 멈춰 선 고라니 한 마리 한참 나를 바라보더니 마른 발자국 소리를 남기고 제 갈 길 간다 겨울 빈산이 다시 고요하다 고라니와 내가 서로 물끄러미 바라보며 우리는 웃었던가 그리워했던가 우리는 적이 아니지 서로의 은신처는 관심이 없지 오직 우리는 서로 마음을 건넸던가 빈산이 비로소 포근해지고 하늘에선 내게 보낼 전갈이라도 있다는 듯 서서히 눈발이 듣기 시작한다 헐겁던 적막이 마침내 조밀해진다

오, 장엄

빗속 풀밭에서
참새 두 마리
보란 듯 대놓고
서로 부리를 부비며
사랑을 나눈다

이때
한참 오던 비도
저 처연한 사랑 앞에
잠시 걸음을 멈춘다

겨울 자작나무 숲

온몸에는 별들이 쉬었다 간 자국
바람이 강렬하게 포옹했던 체온으로 가득한
겨울 자작나무 숲

우듬지로부터 가지와 가지 사이
서서히 흘러내리는 불꽃 같은 빛을 따라
이파리에 매달린 애벌레가 일광욕을 즐기고
참새 떼는 빛을 쪼며 흥겨워하고

눈처럼 흰 생명의 빛으로
서로의 온기를 나누며 추위를 견디는
겨울 자작나무 숲

오, 화엄

느티나무 아래
방금 숨을 거둔 듯
꼼짝 않는 지렁이

느티나무,
이파리 하나
내려보내 주검을 덮어 준다

촛불이 들불처럼 타올라

하늘에는 별빛 땅에는 촛불

밝은 빛 하나가 세상 끝 모든 곳까지 비추리니*

겨자씨 같은 촛불이 들불처럼 타올라

나라의 어둠을 사르네

거짓을 사르네 부정과 부패를 사르네

농단을 사르네 불평등을 사르네

민중의 피눈물을 사르네

하늘에는 별빛 땅에는 촛불

들불처럼 타오르는 촛불이 마침내

산이라면 산을 넘고 강이라면 강을 건너

천둥이 되네 번개가 되네

승리의 노래가 되네 꽃밭이 되네

참사랑과 참세상을 잇는 무지개가 되네

* 구약성경 토빗기 13:11.

소리들

새로 이사 온 아들 집에서 아내의 설거지 소리

창밖으로 어둠이 한 마장 내려앉는 소리

나의 귀를 떠났다 돌아오는 새의 숨 가쁜 소리

손주 동화책 속에서 목각 인형들이 걸어 나오는 소리

수첩에서 낱말들이 너울성 파도를 타고 날아오르는 소리

쓰던 시 한 줄 또 고치다가 메롱, 연필심 톡! 부러지는
소리

평창

내가 처음 평창에 갔을 때
은빛 피라미 떼처럼 반짝이는
계곡 물소리에 하늘이 참 빛났다
내가 다시 평창에 왔을 때
그 빛났던 물소리 꽃으로 피어
만나는 사람마다 손에서 향기가 났다

고양이

나를 응시하는 저 눈망울이 검고 푸른 모감주 같다.

두 눈망울에서 은은한 목탁 소리 울릴 것 같다.

그 울림으로 바위가 소리 없이 금 갈 것 같다.

금 간 틈새에서 금방이라도 물기 촉촉한 울음 터질 것
같다.

시마(詩魔)야 놀자

편지 봉투 쓸 때마다
경기도 성남시 수정구 어쩌고가 아니라
남한산성 아래 영장산 숲길 몇 번지
라고, 썼으면 싶다
그 번지 안에서, 금 나와라 뚝딱!
은 나와라 뚝딱!
방망이로 방바닥을 쳐 대는 도깨비처럼
시 나와라 뚝딱!
시 나와라 뚝딱!
방망이로 가슴벽 치는 시마랑 놀았으면 싶다
그러나 꼼짝없이 시마에 붙잡혀
각혈하듯 토해지는 시는 말고
그렇게 토해 내다 마침내 소주병과 함께
자진해 버린 정만이처럼은 말고
어둑새벽 한 번 깨어 더는 잠들지 못할 때
심심하지 않게
쓸쓸하지 않게

저, 그늘

사랑이여
저, 그늘 같은 사랑이여
나의 마음이 저만큼 비어
저만큼 넉넉했음 좋겠다

허공이
오체투지로 삼천 배를 바쳐서
마침내 공양하듯 이뤄 낸
저, 그늘

슬퍼서 더는 슬퍼할 수 없는 목숨들
기어서도 더는 기어갈 수 없는 목숨들
벗고도 더는 벗을 수 없는 목숨들
주려서 더는 주릴 힘도 없는 목숨들

무량, 무량으로 쌓이는
저, 그늘
고봉으로 들이켰음 좋겠다
사랑이여, 저 그늘 같은 서늘한 사랑이여

나의 마음이 저만큼 비어
저만큼 넉넉하지 않아도 좋겠다

지리산 구절초

지리산에 들어
문설주에 기대어 듣는
바람의 숨결이 포근하다
구절초 저 맑고 깨끗한 얼굴
구십령 중턱에서
칠순의 아들 손을 잡고
환히 웃으시는 어머니를 닮았다

독도

독도는 혼자가 아니다
무려 이백오십만 년 전부터
이 나라의 하늘과 더불어
파도의 품에서 수많은 물새와 꽃을 키워 낸
생명의 어머니다
그러니 독도는 이미 섬이 아니다
우리와 함께 손을 잡고
우리와 함께 노래 부르며
우리의 가슴 속에 뿌리내린 피붙이다

밥

혼자는 밥을 팔지 않는 식당 두 곳을 거쳐
허름한 식당 겨우 찾아 혼자 밥을 먹는다
먼 길 온 나처럼 따뜻한 외로움을 먹는다

녹슨 메달

  이삿짐을 정리하다가 지금은 서른 살이 넘은 아들의 어린 시절 녹슨 메달이 서랍 속에서 모습을 드러냈다 유치원 때인지 초등학교 때인지 아님 어느 여행길에서 사 왔는지 모를 메달이 지금까지 스스로 조용히 녹슬어 가며 한 가족처럼 우리와 함께 존재하고 있었다는 사실! 시로 밥 빌어먹겠다고 생각해 본 적이 없는 나는 시를 써서 시인이고자 하여 열다섯 권의 시집을 가졌으나 이 모든 말들은 한 번도 열어 보지 않은 누군가의 서랍 속 퍼렇게 곰팡이가 핀 녹슨 메달에 다르지 않을 터! 이삿짐을 정리하다가 두 아들의 어린 시절 녹슨 메달을 정성껏 닦는다

평화의 소녀

누가 이 소녀의 이름을 불러다오
평화의 소녀!
꽃처럼 불러다오
바람처럼 불러다오
누구든 좋으니
이 소녀의 이름을 불러다오
평화의 소녀!
별처럼 불러다오
태양처럼 불러다오
누구든 좋으니
이 소녀의 이름을 부르면서
조용히 손을 잡아다오
다정하고 따뜻하게
두 손을 꼬옥 잡아다오
사랑의 눈빛으로
벅찬 가슴으로
이 소녀의 이름을 불러다오
평화의 소녀!
혼자이면서도 여럿인 듯

쓸쓸하지 않게 외롭지 않게
민족의 이름으로
힐육의 이름으로
누가 이 소녀의 이름을 불러다오
평화의 소녀!
한밤 깨어 있는 부엉이처럼
어둠을 가르는 번갯불처럼
비바람에도 흔들리지 않게
누구든 이 소녀의 이름을 불러다오
평화의 소녀!
평화의 소녀!

구파발역

3호선 구파발역 1번 출구로 나가면
큰아들이 새로 개원한
'은평 함소아 한의원'이 있다.
구파발역은 그래서 나의 시가 되었다.
시에 허기진 나에게 젖은 물빛으로 다가온
구파발역은 북한산만큼 나의 희망이 되었다.
LA에서 만난 트럼펫 트리의 분홍꽃처럼
나에게 화사한 꿈이 되었다.
열망은 지하에서 지상으로 끌어올리는
꽃대 같은 것, 콧노래 같은 것이다.
구파발역이 그렇다.

촛불

밤하늘의 별들이 추울까 봐
종이컵으로 바람을 막아 주며 한밤을 지새우는
아들은 지금 파업 중이다
하현달이 여의도 MBC에 내려와서는
아들이 감싸고 있는 종이컵 속의
차디찬 별의 뺨을 안쓰러운 듯 쓰다듬는다
지금은 여의도를 떠났지만
여의도의 한겨울 바람이 얼마나 차가운지
여의도에서 살아 본 나는 안다

옷은 따뜻하게 입었느냐 아들아
마이크 대신 촛불을 든 아들아

4부

한 생애가 적막해서

빗소리가 이불 속으로 들어와
내 팔을 끄집어다가 팔베개하고 눕는다
숲에서 방방 뛰어놀았는지
초록 내음이 콧속에서 진동한다
이파리 초록 물 떨구는 소리
풀벌레 호르르 날갯짓 소리
소리가 소리에게 서로 안부라도 묻는 듯
밤새 가슴으로 파고드는
빗소리가 가창오리 떼처럼 꿈속을 뒤덮는다
한 생애가 적막해서
잠 못 이루는 걸 다 안다는 듯
말랑말랑한 빗소리가
이불 밖으로 나가려 하지 않는다

그사이

02:00~03:56
이시영의 시집을 다 읽었다

그사이
준희빈 아니면 마포 어느 골목
선술집에서 홀짝! 한 잔 걸친
눈빛 맑은 환갑 소년
이시영이가 집으로 가고 있는 게 보였다

내가 둘째 아들과 잠깐 여의나루에 살았을 때
이시영이 살고 있는 마포
그 사이
불빛에 젖은 한강이 흐르고
유람선의 뱃고동도 흐르고
우리의 흰 머릿결도 하염없이 흐르고 있었다

이시영의 어린 날 구례와
나의 어린 날 순천
그 사이

은빛 섬진강이 오글오글 모여
완행열차 들어오는 기적에 목을 길게 빼다가
밤이면 지리산 그리매에 젖어 잠들곤 했었다

이시영의 말대로 경찰이 그들을 사람으로 보지 않고
그들도 경찰을 사람으로 보지 않는
그 사이
물대포 속으로 유모차가 당당하게 걸어가고
산성처럼 둘러싼 닭장차 위
미치게 푸르른 하늘로 붉은 함성이 힘차게 날았다

03:57~04:58
나는 도저히 잠을 이룰 수 없었다.

내심무천(內心無喘)

슈퍼문이라 했던가
유독 크게 보이는 달이
왜 저렇게 노랗게 보이는지
내 마음이 적막해서인가
구름도 달을 가리지는 못하고
달을 피해 가고
그렇구나, 나뭇잎들이 구름을 가려 주니
달은 저리 홀로 빛나는구나
달빛은 차마 지상까지는 내려올 수 없는지
나뭇가지에 걸터앉아 휘청, 호시를 탄다
전갈자리 주변이 휘청, 퍼렇게 흔들린다
들끓던 지상도 이 밤은
뻐꾸기 울음 한 자락에 버릴 것 버렸나 보다
바람도 숨소리가 없다
마음이여
무얼 더 바라
속 끓이며 헐떡거릴 것인가!

낯선 풍경

아내는 매주 한 번씩 요양 병원을 찾아간다
그런 날은 일찍 일어나
마치 소풍 가듯 반찬 준비를 서두른다
오늘은 장인 어르신 생신날
아내와 나는 몇 가지 생신 선물과 용돈을 챙겨
시립 요양 병원으로 향했다
장모님 간병하느라 병원에서 생신을 맞이하신
장인은 구원의 천사처럼 빛나고 있었다
병실엔 침대가 여섯, 장모님만 빼곤
다섯 침대가 모두 치매 환자라 했다
마치 침대칸에 누워 먼 여행길에 올라 있는 듯했다
세 분 할머니는 터널 속인 듯 잠들어 있고
두 분 할머니는 낯선 풍경인 듯 우리를 쳐다보았다
나도 그분들을 낯선 풍경인 듯 마주 보고 웃어 주었다
세상은 늘 낯선 풍경이려니
병원을 나와 걸어가는 길이 낯선 풍경이었다
가로수도 사람도 자동차도 모두 낯선 풍경이었다

말씀

고요가 성숙되어서야 알아들으셨다는
그분이 나지막이 말씀하신다
"심장이 아프다"

눈물이었다가 위로였다가
밤새 잠 못 이루며
나의 묵주기도 속에 들리는 말씀
"내가 아프다"*

* 김남조의 시 「심장이 아프다」의 한 구절.

생오지
── 소설가 문순태

오지 중의 오지
소쿠리 속처럼 깊은 생오지에
소설가 문순태 형이 살고 있다

오랜만에 제자들과 생오지를 찾아든 날
애기 단풍 붉은 낮바닥 실핏줄이
가을 햇살 속에서 팔딱거렸다

생오지로 들어온 뒤부터
왜 그리 시가 쏟아지는지 모르겠다
새벽 닭 울음도 시가 된다

나이 들어 더욱 수줍어진 순태 형 웃음소리에
생오지 꽃대들이 일제히 흔들렸다
고요에서 깨어난 생오지도 함께 흔들렸다

그리움

— 조병화 시인

나의 서재에는 스승님의 사진이 붙어 있다
파이프에서 흘러나오는 연두색 연기와 함께
'꿈'이라고 써 주신 조그만 접시도 함께 자리하고 있다
육십 년대 중반, 그 질컥거리던 흑석동 골목길처럼
한 시대가 질컥거리고 젊음이 푹푹 빠지던
강의실은 C. D. 루이스의 시론과 파이프가 잘 어울렸다
시의 고열에 끙끙 앓는 나의 붉은 눈빛을 알아채신 스승은
수업이 끝나는 대로 교수 휴게실로 데리고 가
따끈한 차를 앞에 두고 낮은 목소리로 개인 지도를 하셨다
그때마다 나는 스승의 무게를 온몸으로 받으며
짜릿짜릿한 촉수를 느끼곤 했다
난생처음 혜화동 언덕길을 함께 걸었다
난생처음 난실리 정원을 함께 걸었다
한국 시협 여행길에서 곁에 두셨다
어쩌다 해외 여행길에서도 곁에 두셨다
그러나 나는 하늘 같은 스승에게서 멀리 있었고
살아 계실 때에나 돌아가신 뒤에도

나는 차마 그림자도 밟지 못한 외톨이였다 열외였다
지금도 어쩌다 생각나 혜화동 언덕길을 오르면서
스승님 계셨던 그곳을 우러러볼 뿐,
시가 써지지 않는 날이면 서재의 사신만 우러러볼 뿐,
'꿈'이라고 써 주신 조그만 접시만 쓰다듬을 뿐

석양

손오공이 서쪽으로 간 까닭은
석양의 피 묻은 입술이 매혹적이었기 때문일 터
나는 실크로드 여행 중 화염산 옆에서
불타는 숨결을 고르고 있는 석양을 본 적이 있다
타오르는 불길이란 이념이 뿜어내는 날카로운 가시다
세상은 왜 사상이 흘린 피를 뒤집어쓴 채
한사코 저 아뜩한 서쪽으로 몰려가는가
얼음처럼 차가운 꿈들이며 낯선 새들까지도
시린 이마를 허공에 부비며!

율동 공원

빗속
엷은 얼음이
호수에 몸을 푼다

비단결 같은 안개
수십 필
알몸으로 젖는 호수를 가려 준다

청둥오리와 논병아리
호숫가에 모여
아무것도 모른 척 먼 산만 보고 있다

의자

내 집필실에는
초록뱀 세 마리가 똬리를 틀고 앉아 있다.
누구든 자기의 가슴에 안기기만을 기다리며
안겼다 하면 금방 온몸을 휘감을 속내는 감춘 채
마치 수도승처럼 참선에 들어 기다리고 있다.
내가 볼일이 있어 방을 비울 때는
와불처럼 누워 있거나
마치 드론처럼 천장을 휘젓거나
책장에 꽂힌 시집들을 훑어 읽어 내려가다가도
내가 방에 들어서기만 하면
언제 그랬냐는 듯 제자리에 다소곳이 있는
저 초록뱀 세 마리.

뼈는 귀도 밝다

뼈는 귀도 밝다
무릎이 시린 밤,
숲은 웅성거리기 시작하고
영락없이 비 오신다

삭신이 쑤신 걸 보니 비 올란갑다
콩콩콩 밟아 드렸던 운동장 같은
아버지 등짝에서 내려온 날 밤이면
어김없이 빗소리 유리창 흔들고
다음 날 운동회는 꿈속에서 젖곤 했지

이제 어느덧 내가
돌아가신 아버지 나이가 되어
무릎이 시린 날,
비가 오시는 이유를 곰곰이 생각해 보니
나의 몸속에는 우주와 교신하는
광케이블이 깔려 있었던 거다

발을 씻겨 준다

시인들 모임에서 밤 늦게 돌아와
두 발을 씻겨 준다
오늘 하루
눈도 코도 입도 귀도 수고했지만
특히 두 발의 수고는 참으로 고마워서
따뜻한 물로 정성껏 씻겨 준다
오늘 하루도 동행하느라 애썼다고
이미 날이 어두워진 지 오래니 편히 쉬라고

보인다는 것

나뭇잎이 청청할 때는 보이지 않던
새의 집이
이파리 하나 남김없이 환해진 뒤에야
비로소 보인다
견고한 새의 집 한 채 잘 보존할 줄 아는
나무의 정신은 얼마나 위대한가
나무가
자신의 육신을 다 털어 내었을 때
새의 집이
하늘과 바람과 별의 숙소가 된다는 것은
얼마나 기막힌 기적인가

단계(丹桂)

계수나무가 많아 계림(桂林)이란 곳에 갔다
어제까진 꽃이 피어날 기미가 전혀 없더니
웬일로 내가 도착하니 피어나기 시작했다면서
영접 나온 이 교수가 기분 좋은 목소리로 흥얼거렸다
금계, 은계, 그렇게 색깔에 맞춰 부르니 계수나무 꽃들이
일시에 터져 오르는 소리가 초승달에 주렁주렁 매달려
휘날리는데
눈에 젖고 귀에 젖고 온몸이 젖어 도수 높은 백주 마신
듯 백주 마신 듯
첫날은 그렇게 백주보다 더 아리아리한 꽃 내음에 취해
밤잠을 설치고
다음 날, 강물도 이별하니 서러워서 울었다는 이강(漓江)
으로 가던 중
금계, 은계보다 더 짙은 향기에 차를 세우고 두리번거리
다가
세상에나! 피톨처럼 붉은 꽃숭어리가 고혹하기 그지없는
햇살도 심장이 벌렁벌렁 차마 말도 붙이지 못할
일편단심(一片丹心) 저 붉은 '단(丹)'자 붙은 꽃이라니!
그 이름도 하룻밤 품고 싶은 단계라니!

새해의 기도

갓밝이에 처음으로 비치는 햇귀처럼
귀하고 소중한 사람을 만나게 하소서
알음알음 한올진 사람이든 풋낯인 사람이든
발그림자 환히 밝혀 주시고
비록 작은 입길이나 험담을 일삼는 자를 만나거나
말전주 짓 하는 자, 말재기 하는 자를 만나거든
그를 용서하고 그를 위해 기도하게 하소서
지상으로 내려와 풀꽃에 입을 맞추는 햇살처럼
처음 만나는 생명들을 귀히 여기게 하소서
뙤약볕 속에서 햇볕에 감사하고
태풍 속에서도 비바람을 받아들이는 나무처럼
어떠한 고난이 닥칠지라도 겸손하게 하소서
사람은 낮시 잃으면 길을 잃는 법
내가 희망하듯 뜻있는 길마다
희망으로 넘치게 하시고
자비와 평화가 내 안에 강물처럼 흐르게 하소서

향기

　지하철 1호선 A/C에서 내려와 걷는 3호선 환승 통로가
더덕 향기로 붐비다
　한 생의 남루를 벗기는지 더덕 껍질을 열심히 벗기고 있
는 할머니 한 분
　무슨 동굴 같기도 한 좁은 통로가 더덕 향기로 붐비다

오월 햇살

오월 햇살에서는 푸른 물 냄새가 난다

알래스카에서 보았던 새하얀 빙하 속
은은한 그 푸른 물빛처럼
우주가 한 몸으로 뿜어내는
오월 햇살은 돌담을 어루만지는
바람의 손길처럼 부드럽고
창공을 나는 새의 깃처럼 가볍다

산다는 것은 이런 것이다

휘추리

어제는 달빛 한 줄기 모셨으므로

오늘은 비비새 한 가족을 받들었습니다

세상은 이처럼 받들고 모실 것으로 가득합니다

부활

이 놀라움의 은총을 어떻게 표현할까

죽음에서 생명이 솟아오르는 여린 잎새들이라니
어둠에서 빛이 터져 나오는 연초록 물결 소리라니
눈부시게 황홀한 여린 잎새들이여
명지바람 같은 연초록 물결 소리여
그동안 보고도 보지 못했던 눈이 펄쩍 열리다니
그동안 듣고도 듣지 못했던 귀가 살아 일어나다니

이 기쁨의 신비를 어떻게 표현할까

나의 삶, 나의 문학

1

나에게는 세 가지의 신비가 있다. 첫째는 빛과 소리의 신비요, 둘째는 만남의 신비요, 셋째는 은총의 신비다. 살아온 날보다 살아갈 날이 얼마 남지 않은 나이, 요즘 나는 이 세 가지 신비로움을 디오 헌실하게 가슴에 품는다.

나에게 봉사하고 있는 우주를 생각하면 나도 모르게 몸이 낮추어지고 눈물이 난다. 「내가 사흘 동안 볼 수 있다면(Three days to see)」이라는 감동적인 글에서 헬렌 켈러는 내일이면 귀가 안 들릴 사람처럼 새들의 지저귐을 들어 보고, 내일이면 냄새를 맡을 수 없는 사람처럼 꽃향기를 맡아 보고, 내일이면 더 이상 볼 수 없는 사람처럼 세상을 보라고 당부한다. 듣지도 보지도 못하는 사람의 이 당부가 요즘처럼 더욱 절실해짐은 무슨 까닭일까.

남들이 나의 대표 시라고 일컫는 작품 중에 「영혼의 눈」(『영혼의 눈』, 문학사상사, 2002)이 있다. 이탈리아 맹인 가수 안드레아 보첼리의 음악을 듣고 쓴 시인데, 그 아름다운 목소리와 감동적인 음악성에 온전히 침잠한 순간을 나는 이렇게 표현했다.

이태리 맹인가수의 노래를 듣는다. 눈먼 가수는 소리로 느티나무 속잎 틔우는 봄비를 보고 미세하게 가라앉는 꽃그늘도 본다. 바람 가는 길을 느리게 따라가거나 푸른 별들이 쉬어 가는 샘가에서 생의 긴 그림자를 내려놓기도 한다. 그의 소리는 우주의 흙냄새와 물 냄새를 뿜어낸다. 은방울꽃 하얀 종을 울린다. 붉은점모시나비 기린초 꿀을 빨게 한다. 금강소나무 껍질을 더욱 붉게 한다. 아찔하다. 영혼의 눈으로 밝음을 이기는 힘! 저 반짝이는 눈망울 앞에 소리 앞에 나는 도저히 눈을 뜰 수가 없다.

―「영혼의 눈」

영화 「어둠 속의 댄서」와 「블랙」은 이러한 나의 시와 같은 맥락의 이미지다. 빛과 소리의 신비, 나는 잠시라도 이 첫 번째 신비로움을 잃지 않으려고 오늘도 우주 앞에 겸손하며 감사한다.

우리는 만나기 위해 태어났다. 이란의 신비주의 시인 루미는 사람을 포함한 이 세상 삼라만상을 '당신'이라 말한다. 그리고 이런 '당신'과의 만남이 한생의 커다란 축복이다. 여기 루미의 말을 인용한다. "내가 지나온 모든 길은 곧 당신에게 향한 길이었다. 내가 거쳐 온 수많은 여행은 당신을 찾기 위한 여행이었다. 내가 길을 잃고 헤맬 때조차도 나는 당신을 향해 걸어가고 있었다. 그리고 마침내 내가 당신을 발견했을 때, 나는 알게 되었다. 당신 역시 나를 향해 걸어오고 있었다는 사실을."

그렇다. 나는 오늘날까지 살아오면서 수많은 사람과 수많은 삼라만상을 만났다. 앞으로 나의 생이 얼마나 더 지속될지는 몰라도 그리 만날 것이다. 이 만남은 때로 애증이 되고 때로 축복이 될 터다. 때로 시가 되고 때로 바람이 될 터다. 마치 실크로드와 알래스카와 티베트와 미얀마에서 만났던 그 신비로움처럼.

나의 세 가지 신비 중 마지막, 은총의 신비는 물론 신앙에 의해 제득된 것이다. 앞에서 말한 '빛과 소리의 신비'와 '만남의 신비'가 포함된 이 '은총의 신비'는 이만큼 나를 살아오게 해 주신 성령 속에 존재한다. "은총과 평화를 내리시는 하느님 저에게 자비를 베푸시어 저의 간절한 기도를 들어주소서. 빛이요 생명이신 하느님 저의 눈을 뜨게 하시어 하늘로부터 쏟아지는 말씀을 보게 하소서." 나는 오늘도 이런 기도 속에서 시를 쓴다.

은총의 신비를 온몸으로 받아들인 이후 나는 세상을 긍정적으로 산다. 매사에 고마워한다. 아픔도 감사로 받아들인다. 그러하기에 또 기도한다. "숲길을 걸을 때나 물가에서 쉴 때나 성령께서 함께하여 주소서. 비바람 몰아칠 때나 태양이 뜨거울 때나 성령께서 함께하여 주소서. 동남서북 어디에서나 별들이 빛나는 밤에도 성령께서 함께하여 주소서."

2

손자와 놀면서 손자의 몸놀림이나 초롱초롱하게 빛나는 눈망울을 유심히 바라보곤 한다. 손자에게는 손에 잡히는 것이나 눈에 보이는 것이 모두 새로움일 터. 그 새로움 앞에서 손자는 모든 게 신기한 듯 웃음이 떠나질 않는다. 나는 손자를 통해 언제나 천진난만하고 순수한 눈으로 우주 삼라만상을 보고자 한다. 그리하여 새롭게 나만의 언어를 찾아내고자 한다.

시인이 다루는 언어는 이 세상에서 가장 깨끗한 생명체다. 이처럼 깨끗하게 숨 쉬는 생명을 '낯설게하기'라는 이름으로 이리 비틀고 저리 비트는 잔혹한 일을 나는 할 줄 모른다. 선천적인 태생이 촌놈이라서 있는 그대로, 자연스럽게, 순도 높은 언어 그 본질 자체를 시의 용광로에서 달

구고자 한다. 마침내 황홀하게 빛을 발하는 언어의 숨결을 상상하면서.

내가 시 쓰는 일에 게으름 피울 때나 문득 시로부터 멀리 있다고 깨달았을 때 나는 박경리 선생의 시 「눈먼 말」을 떠올린다. 그러면 "글 기둥 하나 잡고/ 내 반평생/ 연자매 돌리는 눈먼 말이었네."로 시작하는 이 작품이 나로 하여금 '시 쓰는 정신'과 '시인으로 사는 일'을 각성하게 한다. 한국 시협 심의 위원장 임기를 마치고 간사늘과 여행 중 강원도 건봉사 화장실 두꺼운 유리문에 끼어 처참하게 으깨어진 나의 손톱에서 펄펄 솟아오르던 붉은 피는 그 각성의 현신이었다. 입춘 이틀 뒤였다. 거멓게 멍이 든 두 개의 손톱 중 검지 손톱이 두 달을 못 견디고 마침내 빠지고 말았다. 손톱 밑에 가려졌던 여리고 하얀 속살이 어디에 닿을 때마다 아리고 얼얼했다. 비로소 손톱이 왜 존재해야 하는지, 손톱이 얼마나 소중한 존재인지 깨달았다. 손톱은 내게 '절대 고독'이었으며, 운명처럼 껴안아야 할 '문학' 그 자체였음을 함께 깨닫고 있다.

쓸쓸하다는 말은 참 쓸쓸하다. 그래서 나이 들어 쓴 내 시에는 쓸쓸하다는 말이 없다. 그런데 오래전 알래스카 여행 중 메모해 둔 수첩에 "앵커리지에서 페어뱅크스 3번 하이웨이, 쓸쓸한 길."이라고 적혀 있는 것을 보고 깜짝 놀랐다. 내 사주에 역마살이 끼어 있음을 모르는 바는 아니지만 한사코 억눌러 온 고독한 방랑자의 기질이 그대로 투영 되었던 모양이다. 그리고 오늘, 아끼는 후배와 비 오는 길을 함께 걷는데, 그가 돌연 "형님, 쓸쓸할 때 뭐 하세요?" 하고 묻는 게 아닌가. "쓸쓸할 때?" 마치 처음 듣는 듯, 이제 막 말을 배우기 시작하는 손자의 귀여운 입을 떠올렸다. 그리고 대답했다. "쓸쓸할 때 시와 놀지." 그래, 나는 쓸쓸할 때마다 시와 논다.

"아무 생각 없는 듯 그린 것이 너무 좋아서 미울 정도네(行其所無思可愛可憎)." 조선 후기의 화가 석연 양기훈의 「영모도(翎毛圖)」를 보고 백련거사 지운영이 쓴 찬의 첫머리이다. "아무 생각 없는 듯 그린" 것과 아무 생각 없이 그린 것은 천양지차다. 시 쓰는 일도 이와 다르지 않다. "너무 좋아서 미울 정도"의 시가 되기 위해서는 동양화의 여백 정신이 필요하다. 나는 시를 그러한 정신으로 쓰고자 노력한다. 무자서(無子書)를 읽고 무현금(無弦琴)을 들으며.

3

도이치포스트 DHL(초일류 특송)의 프랑크 아펠 회장은 "비지니스의 핵심은 복잡함을 단순하게 만드는 것."이라고 말한다. 다시 말해 전 세계에 거미줄처럼 뻗어 있는 초일류 특송 혁신 비결은 '단순함'이었다는 것이다. 시 창작에 무슨 비즈니스 이론인가 하고 의아해하지 말라. 시도 이와 다르지 않다. 앞에서 나는 시를 단순히 '쓰는' 게 아니라고 말한 바 있다. 살아 있는 모든 생명체와 함께 시도 숨 쉬며 소통하는 생명체다. 윤동주 시인은 「서시」에서 "별을 노래하는 마음으로/ 모든 죽어 가는 것을 사랑해야지/ 그리고 나한테 주어진 길을/ 걸어 가야겠다"고 다짐한다. "모든 죽어 가는 것을 사랑해야지"에 담긴 시인의 속내는 생명체에 대한 경외심이다. 한 생명체에 대한 경외심을 드러내는 데 복잡다단하게 표현하려 해선 안 된다. 단순해야 한다. 시도 우주의 한 부족이기 때문이다. 그런 의미에서 나는 평소 브레히트의 마지막 시집 『부코 비가』(1953)에 실린 「연기」라는 시를 좋아한다. 이 시의 전문은 이렇다. "호숫가 나무 아래 작은 집/ 지붕에서 연기가 올라간다./ 만약 연기가 없다면/ 집과 나무와 호수는/ 얼마나 쓸쓸할까."* 단순하다. 그러나 그냥 단순한 게 아니라 '연기'로 표상된 생명성과 그 작은 집 안에 살고 있는 '사람'이 단 5행 안에 고스란히 담겨져 우리에게 행복감을 준다. 나의 시에 있어서도 이러한 단순함은 '말을 비움'으로 실현된다.

말이 차고 넘치면 듣고자 하는 소리, 들어야 할 소리를 듣지 못한다. 진정으로 꼭 해야만 하는 말을 할 수가 없다. 시는 횡설수설, 중구난방을 단호히 거부한다. 시는 명쾌해야 하고 깨끗해야 한다. 그러기 위해서는 말을 비워야 한

* 박찬일, 『브레히트 시의 이해』(연세대학교 출판부, 2004) 85쪽에서 재인용.

다. 말을 비워 침묵의 세계로 스며들 때, 비로소 구름이 앞산에 그림자 드리우며 떠가는 모습이나 강물이 서늘한 그리움이 있는 곳으로 흐르는 게 보인다. 그때에야 비로소 우주의 고요도 온 정신으로 받아들여진다. 그때에야 비로소 우주 앞에 겸손해지고 공손해진다. 시에도 진솔함과 단순함이 있어야 한다.

4

나는 1973년 《월간문학》에 시 「예맞이」를 발표하면서 창작 활동을 시작하고 1978년에 첫 시집 『청명』을 발간했으나 '한국시인협회' 외에는 문단에 얼굴을 내밀지 않았다. 박정희 군부독재 시절인 1979년 광주에서 강인한, 고정희, 국효문, 김준태, 김종, 송수권, 장효문 시인 등과 《목요시》 동인으로 본격적인 작품 활동을 하던 중 5·18 광주 민주화운동을 광주에서 직접 겪고 전두환이 험악한 유신시대를 이어갈 때, 《실천문학》과 《창작과 비평》, 《문학과 지성》 등 문학지들이 폐간되는 수난을 겪는다.

이때 잡지들이 무크지로 문학 정신을 살려나갈 즈음, 나는 1981년 실천문학사에서 발간한 무크지 《이 땅에 살기 위하여》에 「산 하나」외 3편과 1984년 창작과비평사에서 발간한 무크지 《17인 신작시집 마침내 시인이여》에 「許宋氏」

외 3편을 발표하면서 문단 활동을 재개했다. 당시의 나의 시는 문자 그대로 '처절함' 그 자체였다. 그러나 시를 씀에 있어 '시는 사상의 정서적 등가물'이라는 T. S. 엘리엇의 말처럼 당대의 현실이나 사상만을 앞세우지 않기 위해 '시는 시'로서의 서정성을 잃지 않으려고 애썼다. 사상과 정서의 융합 내지는 조화를 꿈꾸었다. 깊이깊이 골이 팬 시대의 골짜기마다 뿌리내린 민중의 가녀린 실핏줄을 확인하고 사랑하겠다는 게 나의 1980년대 시 정신이었다. 이때 출산한 시집이 『풀잎이 하나님에게』(1984), 『모기장을 걷는다』(1985), 『입맞추기』(1987), 『이 어둠 속에 쭈그려 앉아』(1987), 『공초(共草)』(1988) 등 무려 다섯 권이었다. 계속해서 1990년대에는 『진달래 산천』(1991), 『풀무치는 무기가 없다』(1995)를 출간했다.

2000년대에 들어서면서 지천명의 나이에 나의 시는 비로소 서정의 본질을 찾아갔다. 말수가 적어지기 시작했고, 목소리가 잦아들었으며, 마침내 내 안을 들여다보기 시작한 셈이나. 1999년에 문학과지성사에서 발간된 아홉 번째 시집 『비 잠시 그친 뒤』의 시인의 말에서 나는 "요즈음, 내가 생각해도 말수가 적어지고 시를 보는 눈 또한 깊어지고 있음이 감지된다. 아마도 시가 늘 새롭게 쓰여야 한다는 생각 때문인 듯하다"고 썼다.

이 시절, 나는 "시인이 죽고 시가 살아야 한다."고 주장했다. 지금도 변함없는 이 말은 하이데거의 영향에 의한 것으로 쓰여진 작품이 중요하지 그 시를 쓴 시인의 이름이 중요한 게 아니라는 신념에 다름 아니었다. 어느 시인이든 그렇겠지마는 작품 한 편 한 편마다에 목숨을 걸지 않을 수 없었다. 시 한 편이 주는 깊이와 넓이와 크기를 생각하지 않을 수 없었다.

우리가 쓰는 언어 중에서도 가장 순수한 것이 시라고 할 때 시로써 삶의 저 깊은 곳을 꿰뚫고, 거기에서 터져 나오는 빛으로 내 영혼을 울려 주기를 바랐다. 이러한 나의 시적 고뇌와 작업은 2002년 문학사상사에서 출간한 열 번째 시집 『영혼의 눈』에 이어 『첫차』(2005), 『눈먼 사랑』(2008), 『그늘이라는 말』(2010), 『불타는 얼음』(2013), 『가벼운 빗방울』(2015), 그리고 이번 열여섯 번째 신작 시집 『황홀』(2018)까지 지속되고 있다. 서정시에 대한 나의 성찰은 앞으로도 계속될 것이다.

지은이   **허형만**

1945년 전남 순천에서 태어났다. 1973년 《월간문학》에 시 「예맞이」를 발표하며 작품 활동을 시작했다. 『청명』, 『비 잠시 그친 뒤』, 『영혼의 눈』, 『그늘이라는 말』, 『가벼운 빗방울』, 『황홀』 등 열여섯 권의 시집을 출간했으며 영랑시문학상, 한국시인협회상, 한국예술상 등을 수상했다. 현재 목포대학교 명예교수로 있다.

황홀

1판 1쇄 찍음 2018년 1월 8일
1판 1쇄 펴냄 2018년 1월 15일

지은이 허형만
발행인 박근섭, 박상준
펴낸곳 ㈜민음사

출판등록 1966. 5.19. (제16-490호)
서울특별시 강남구 도산대로1길 62(신사동)
강남출판문화센터 5층 (06027)
대표전화 515-2000 / 팩시밀리 515-2007
www.minumsa.com

ISBN 978-89-374-0863-2 04810
     978-89-374-0802-1 (세트)

**민음의 시
목록**